KB200275

天山 詩選 127

權 重 容 첫시집

함께 밥먹는 사람

한기10957
한웅기5918
단기4353
공기2571
불기2564
서기2020
도서출판 天山

함께 밥먹는 사람

權 重 容 첫시집

上元甲子
8937
+2020
10957
5918
4353
2571
2564
2020
도서 출판 天 山

〈序 文〉

시인이 살아있는 한 시는 죽지않는다

——權重容 첫시집 '함께 밥먹는 사람'을 보면

시는 죽지않는다. 시인이 살아있는 한 시는 죽지않는다. 니체는 '신은 죽었다'고 했지만, 시는 죽었다고는 하지않았다. 그도 시를 쓰고, 철학 에세이를 쓰면서 시를 신처럼 믿었다.

이번에 80청년 權重容이 첫시집을 낸다. 이름하여 '함께 밥먹는 사람'(2020. 도서 출판 天山)이다. 이시집을 만나보면, 시인은 푸릇푸릇 젊어있고, 시세계도 살아있다. 농경 시대의 시골 풍속도 살아있고, 시인의 고향인 安東 선비 정신과 효사상이 무르익은 3대 가족 혈육 정신이 잘 발효돼있는 시집의 모범이 '함께 밥먹는 사람'이다. 아마도 노시인이 낸 이계열의 시집 중엔 1등급에 속할 것이다. 노인 문학이 따로 성립된다면, 노년시의 견본이다. 조선 풍속시와 효도시의 백미라 할 수 있다. 현대 한국 가정속의 할아버지·할머니 세대와 아들딸 세대 그리고 손주들 세계가 꽃핀 3대의 보수·진보 생활 미학 양상이 함께 어우러진 삶살이의 본보기 시집이다. 기본 뿌리바탕은 유교 정신의 '효' 사상으로 씨줄+날줄 말씀꽃수 놓아 직조한 선비집 명주필이나 모시·명베·삼베홑청이부자리시로 짜여져있다.

시인은 청소년시(靑詩)도 같이 쓴다. 초록같은 靑詩集은 이번 성인 자유 시집에 곧이어 뒤로 내기로 한 것. 우선 8부로 나눠 74편을 엮어묶은 詩品은 튼튼하다. 쌍가락지시에 동그라미가 50여 편, 이에 버금가는 시가 12편, 나머지 수준급 세모꼴(△)시가 15편밖에 없다. 이런 수준 높은 노인 시집은 한국 詩林에선, 발견해내기가 퍽 어려울 것이다.

지남철도 엔(*N*) 극과/에스(*S*) 극이 서로 좋아서 떨어지지않는다.//만나기만 하면/시도 때도없이 끌어당기기만 한다.//바닷물도 썰물 밀물끼리/하루에 두 번씩 밀고당기기를 한다.//때로는 만조와 간조로 밀당을 한다./당신과 나와는 간조도 없고 밀당도 없다.//올릴 치마도 내릴 고쟁이도 없다./오늘밤도 애꿎게 죽부인만 그러당긴다.(시 '사랑의 밀당' 全文)

거울앞에서/나를 본다.//거울엔 내가 없다./첨본 내 얼굴 어디로 갔을까.//지난 긴긴 지나온 날들에 묻힌/그림자따라 갔을까.//까치발로 걸어온 길/어디에도 없다.//반 백 년

돌아가면/도로 날 찾을 수 있을까?(시 '자화상' 全文)

안동 댐 물안개 하늘오를 때/산허릴 돌아돌아 용개골 은행잎에 이슬방울로 서리면/약산서 불어오는 갈대바람에/는개비 내린다.//길안들 사과나무 메마른 가지에/봄비 내리면/여린가지끝 꽃눈 마디마디 빨간멍이 들어/간지러워 간지러워 하얀사과꽃 핀다./임하 댐이 다 덮이도록 지천으로 핀다.(시 '안동 댐 물안개' 全文)

마을엔 어린이울음소리 들린 지 오래다./한낮 햇살도 졸고있다./드문드문 찾아오는 인기척에/한숨짓는 노인들 시름이 깊어간다.//산에는 소나무·상수리 무성하게 자란다./산비탈엔 자주색 도라지꽃 핀다./주인없는 묵정밭은 쑥대밭/거두지않는 장다리만 우북이 자란다.//가끔씩 고샅길로 오가는/고향찾은 등굽은 이들만/이집저집 기웃기웃 발길돌린다.//오늘도 햇살은 서산으로 기울고/빈집엔 고양이 제집같이 드나든다.//뒷담장 대숲은 바람에 서걱이고/마을엔 새벽닭 우는소리 들리지않는다./떠나버린 그인연 돌아올줄 모른다.(시 '새벽닭 울지않는다' 全文)

내가 닐 기다림은/니가 내보다/더 슬픈 운명이라 그래./옹배기 8자라/아무리 뒤틀려도/난 닐 기다려.//봄꽃이 고운 건 아픈 결이 있어 그래./니도 내도 그렇네.//가슴에 묻어둔/젊은날의 꽃청춘/상처난 그사연/가슴속에 묻어두고/먼길 돌아서/여기까지 왔었네.//청춘의 아픔이야/누군들 없으랴.//스산한 들바람/땅거미에 지고/갈바람 풀벌레 슬픈소리/가로등없는 강변서/닐 기다리네.//나룻밴 몇번이나 오갔나./빗겨간 그인연/달빛에 젖어도/밤마다 강가서/안개꿈 꿨네.//천 년 해뜨면 용광로 불덩이/영겁 인연으로 다시 태어나/니캉내캉 아우라지 만나는 윤슬같이,//달빛품은 하얀꽃가마/니도 내도 몰래타고/오늘도 니캉내캉 함께 갈/파도말이바다를 꿈꾸고있네.(시 '니캉 내캉' 全文)

짧은시 위주로 연거푸 5편을 들었다. 노티가 없는 생생한 푸른시다. 그래서 시인은 파랗게 젊다. 땅위엔 시인이 살아있으므로 시는 죽지않는다. 나머지 '효'의 시나 선비 고향 농경 풍속시나 3대가 어우러져 연결된 핵가족 신시풍은 예든 시들 밖에서 꽃다발로 묶여있다. 특히 '그리운 어머니 시풍'이 쌀밥처럼 푸짐하게 뜸들어있다.

——한기10957:한웅기5918:단기4353:동이공기2571:남방불기2564:서기2020.02.
경자년 立春之節 필동 서애로 '自由文學'에서.
義山 申 世 薰〈제22·23대 한국 문협 이사장〉

차 례

차 례

제3부_ 어머니 오시는 날

제4부_ 길위에서 길을 묻다

第5部_ 아배산 어매바다

차 례

제6부_ 안동 댐 물안개 갈대꽃

제7부_ 손자는 눈치가 9단

제8부_ 잔소리하지 마세요

제1부

돼지들의 상소문

돼지들의 상소문

배고픈 멧돼지가 조물주에게 상소문을 올렸다.
연약한 고지넝쿨·호박넝쿨에도 달덩이같은 큰열매가 열리는데
장승같은 상수리나무에는 왜 손톱만한 도토리가 달리는지
언제나 상수리나무 원망하고, 등비비고 물어뜯곤 한다.
온종일 1천 개를 먹어도 배가 고파 들로민가로 먹이찾아 헤매다,
교통 사고, 엽총맞고, 떼로 달려드는 개들한테 물려 상처입고
죽어가는 친구돼지가 부지기수다.
토토리가 호박만큼만 크다면 배불리먹고 하산하지않을 텐데
조물주가 원망스럽다.
오늘도 광화문 네거리에선 촛불들을 이고 시위하고있다.
그런데 어느날 도토리 주워먹던 멧돼지대가리에
도토리가 툭툭 떨어졌다.
그때 멧돼지는 도토리가 호박만 했다면
많은 돼지들이 뇌진탕으로 죽을 수가 있겠구나싶었다.

하여 조물주 결정이 맞구나하며 상소문을 취하한다.
그리고 아기돼지 실은 유모차 앞세운 시위대도 철수한다.
상수리나무는 참 좋은 나무라고 생각한다.
새들의 보금자리 월세도 전세도 안받고 집 다 내주고
봄날이면 딱따구리 참나무 쪼이대는 소리에
박자맞춰 숲속에 장끼와 까투리 지루박춘다.

멧돼지 · 다람쥐에게 겨울양식주고
인간들에게는 표고버섯 길러준다.
천 도 불가마에 제몸 태워서 숯덩이되어 불고기 · 삼겹살 구워주고
집안구석 냉장고냄새 제거해주는
죽어서도 소중한 나무였다.
온산 상수리나무 푸른빛 흐르고
죽어서도 누군가에게 보시같은 삶을 살아가는
상수리의 큰뜻을 멧돼지는 알았다.

우리 늙으면 고향서 살아요

앞강물 뒷강물 굽이굽이 흐르고 뒤론 산들 병풍처럼 둘러친 곳. 우리 늙으면 고향서 살아요. 앞마당엔 대추나무 심고, 뒷뜰엔 은행나무 두 그루 마주보게 심어놓고, 고샅길 걸어가는 사람들 볼 수 있게 담장은 허리쯤오는 나무판에 하얀 페인트 칠하고, 그담장밑엔 나팔꽃 · 채송화 · 봉숭아도 심어요. 당신 좋아하는 강아지도 한 마리 키우고, 뒤뜰 남새밭엔 상추 · 쑥갓 · 가지도 심고, 앞마당쯤엔 고추 · 옥수수 · 수수도 심어요. 밥반찬 부족한 것 있으면 5일장서 사오고요.

안개 자욱한 아침말엔 강아지 앞세워 뻐꾸기소리 들으며 시냇물따라 산책도 하고요. 아들내미가 사온 원두 커피도 내려마시고, 햇살좋은 방낮엔 바람솔솔 들어오는 안동포 한 벌씩 해입고, 대청마루 주렴발 내린 후 낮잠도 한숨씩 자요.

점심은 텃밭에서 기른 상추씻어 쌈싸먹고, 저녁상은 내가 만든 '칼국시'로 가볍게 먹고, 가끔씩은 자식들이 사다준 포도주로 건배도 하고요, 저녁엔 서재에서 밤늦도록 글쓰고, 책읽고, 당신은 대청마루서 '아베마리아' 불러요. 주말이면 가끔씩 내려오는 손주들도 보고, 모아둔 용돈도 탈탈털어 다 주어요. 보낼 적엔 동구밖까지 걸어나가 잘가라고 손 흔들어주는 늙은이들, 곱게곱게 늙은 할바이 · 할마이로 함께 살다가요.

해 그 늘

서산에 해기우니
그림자 길어진다.

호수에 산그림자 거꾸로 비친다.
지는 해 저녁놀은 강물위에 붉게탄다.

대나무 잎사귀 바람노래 부를 때
뜰에 핀 5색보랏빛 수수꽃다리꽃향
봄바람에 실려 멀리멀리로 퍼져나간다.

풀잎개떡과 보리피리

1.
봄날 아른아른 산골짝 안개끼고
높새바람 불어오는 봄나절 긴하루
허기진 배 달래며 찔래순도 꺾어먹었다.

보리밭들판엔 푸른빛 한가득
뜸부기울면 뻐꾸기도 따라울었다.
보리개떡 한입씩 번갈아 베어물고
쫓아가다 엎어지고 자빠졌다.

어머니!
'허기진다, 고만 뛰어라.'

2.
봄바람 일렁이는 검푸른 보리밭
깜부기 뽑아 얼굴에 먹칠하고,
왼종일 도랑에서 가재잡고,
보리피리 불어불어 허기지던 날
긴긴 봄날도 기울어가 하루해도 서산에 걸렸다.

어둑한 골목길 들어서자 개떡생각에

광주리에 손넣을 때,

어머니!
'허기진다, 보리피리 이젠 고만 불어라.'

칡넝쿨같이

뒤뜰안 남새밭엔 쪽파 · 양파
참깨 · 들깨 다 심었다.
낮이면 햇살먹고, 밤이면 이슬먹고 자란다.
조석 간 뒷문열면 하루가 다르게 우북자라고
이랑과 이랑사이 흙들도 보이지않는다.

바람에 흔들리는 상춧잎은 푸른하늘 품고
싱그런 초록이파리는 하얀구름 품었다.
집에 가면 상추씻어 소쿠리에 담아
여름날 뒷마루서 많이도 쌈싸먹었다.

자식먹는 것이 당신먹는 것보다 더 좋단다.
한평생 쪽머리에 은비녀 꽂으시고
아들은 보기에도 아깝다고 늘 손잡아주셨다.

볼 때면 여위었다고, 많이 먹어야 한다며
갈 때마다 떡하고 닭잡아 몸보신해 주셨다.
어느날 힘들게 이민 간다고 말했다.
전화해서 이민가지 말라고 간곡한 한마디
부모 형제 두고가면, 다시는 못온다고…
먼저가신 아버지 생각하며 나를 키웠나보다. <

못살아도 좋으니, 칡넝쿨같이 얼키고설켜 함께 살자고
동글동글 동그랗게 감겨있는 전홧줄따라
밤마다 어머니는 우체국까지 10릿길 걸어가서
저녁이면 가지 말라는 사랑의 목소리…
동그랗게 동그랗게 들려왔다.
가지 말라고, 칡넝쿨같이 얽혀 함께 살잔다.

제2부

원앙이 이사하는 날

원앙이 이사하는 날

미리내 흐르는 여름밤
패랭이 꽃물들이고
바람 잦아드니 청산은 잠든다.

울기만하던 뻐꾸기 알낳을 준비에
개개비 둥지찾아 이곳저곳 기웃거린다.
신혼때 원앙 한 쌍 안방에서 키웠는데
우릴 시샘하더니,
집나가 해묵은 고목등걸에
열두 마리 원앙새끼 알깨고나왔다.

이젠 새삶터 찾을 준비하고있다.
이사라야 가재도구 하나없는 몸둥아리뿐이다.
시냇물흐르는 강이나 냇가에 살고싶어
눈감고 뛰어내릴 준비하고있다.
어미는 걱정되어 문지방 불난다.
첫째는 벌써 뛰어내렸고, 둘째 · 셋째…
차례로 바닥으로 곤두박질 친다.
잠시 정신잃고 바둥대다가 어미신호따라
뒤뚱뒤뚱 1렬 종대로 서서
물찾아가는 어미따라 이사를 간다.

함께 밥먹는 사람

별것아닌 일로 다툼 있어도
그마음 내게 먼저 다가와
사랑하는 마음이 됩니다.

마음은 언제나 넉넉합니다.
산같이 물같이
언제나 말없이 다가옵니다.

그사람 병마와 밀당하고 있습니다.
가끔은 남몰래 울기도 합니다.
혼자사는 법을 배우라고 합니다.

난 흰파뿌리 약속 지키라고
힘내라며 위로도 합니다.
그사람 생각에 잠못드는 밤이면
나도 가끔 눈시울을 닦습니다.

난 손을 놓을까봐
두 손 꼭 잡고 있습니다.
고향 둔치에 가서
하얀집 짓고 살자합니다. <

그사람 곱고고운 내 아내입니다.

한여름 오수

뙤약볕 찔레꽃 가시같이
찔러대는 날
대숲에 죽순은 잘도 자란다.

오동나무 넓은잎은
따가운 햇살에 내려앉는다.
누렁이도 석 자되는 혓바닥 빼물고
댓돌위에 하품하며 졸고있다.

팽나무에 매달려울던 매미도
더위에 쉬엄쉬엄 울어댄다.

들판벼들은 더위도 잊은 채
누런가을 꿈꾼다.
무논에선 미꾸라지 땅속 파고든다.

마을지키는 5백 년된
아름드리 회나무·팽나무는
온동네사람 다 그러안고
한여름 오수에 졸고있다.

<

황소는 긴꼬리로 파리떼 쫓으며
눈감고 되새김질 바쁘다.

하얀그리움

봄날 개나리울타리에
노란꽃 피면
뜰아래 목련꽃 눈이 부시다.

뒷산 소나무사이로
빨간진달래 봄소식 알리고
산기슭 복숭아밭엔 연분홍 물들인다.

여름날 소낙비 장대같이 내리는 날
물총새 낚시접고 제집 찾아간다.

가을날 무서리에 살살이꽃 피면
노란국화꽃 향기항아리에 담아둔다.

정원엔 단풍나무 붉게 물든다.
첫눈 오는날은 첫사랑 걷던 길
목화꽃 만발하면 하얀그리움
하얀머리 날리며 하얀길 걸어간다.

집비둘기가 멧비둘기를 따라가던 날

찍찍 울어대던 직박구리 날아갔다.
동네공원 대형 플래카드엔
빨강글자로
'비둘기먹이 주지마세요.
스스로 먹이찾게 도와주세요.'라 쓰였다.

빨간글자 보고 비둘기·참새들은 펑펑 울었다.
그리고 저들끼리 대책 회의를 열었다.
촛불을 들어야 하나
태극길 들어야 하나
새들은 아직도 결론을 내리지 못하고있다.

비둘기들은 태극기에 손을 들기로 했다.
지나가던 바람이 회오리몸짓으로
오동잎을 흔들어깨우던 아침나절
온동넬 날았으나 먹일 찾지 못했다.

며칠을 동네하늘 돌다가 주린배를 안고서
첫눈이 내리던 날
허기신 배를 날래며
집비둘기들이 멧비둘기들을 따라 먼산 날아갔다. <

추수끝낸 들판에선
외로운 허수아비들이 먼산만 바라본다.

지하철 출근길

1.
다급히 지하철 전동차에 오른 아가씨는 허겁지겁
한 손엔 거울들고 아이라인 그린다.
흔들리는 차안에서 한쪽눈은 제비꼬리
'립스틱 짙게 바르고' 입술로는 '합합합'한다.
머리감고 아직 덜말린 여학생은
앞머리에 동그란 헤어롤로 돌돌말아 멋내고앉아있다.
가방멘 젊은이는 등밀고 막무가내로 들어오고
구두밟힌 아가씨는 눈을 흘기며 짜증을 낸다.
버젓이 경로석앉은 젊은사람은 시침 뚝 떼고 눈감고는 졸고있다.
앉아있는 사람들은 너도나도 스마트폰 3매경
차안은 콩나물시루다, 안내 방송에선
'신체 접촉에 주의하라.'고 거퍼거퍼 방송한다.
사람들은 못들은척 고개돌려 천정만 바라본다.

2.
내릴 역 몰라 어딘지 두리번거리는 사람있다.
누구의 폰인지 흘러간 유행가 요란하게 울려대고
짐짝같이 실려만 가는데
안내 방송에선 '잠실역입니다.'
'내릴 때 발빠짐주의 발빠짐주의'란 말을 연발한다.

영어 · 일어 · 중국어로도 안내말하고있어
그나라 여행객들은 흐뭇하겠다.
나도 먼나라갔을 땐 기분좋아 우리나라 생각을 많이 했다.
환승역엔 탑승객이 온종일 길게길게 줄선다.
내리고타는 사람들로 인산 인해를 이룬다.
아직도 짙은 안개속을 흐르는 한강물
강변 키다리 빌딩 숲도 보이질 않는다.
갈매기는 하늘높이 날기만 하고
열차는 철크덕철크덕 소릴 내며 긴여운만 남겨놓고
뱀꼬리 감추듯 어둔 터널 속으로 꼬릴 감춘다.

자리 양보받던 날

중반을 넘어서 50대 후반까진 아저씨라 불리더니,
60대엔 병원갔더니, '아버님'이라 부르고
70대엔 은행 창구아가씨 '어르신'이라 한다.

어느날 버스에선 학생이 벌떡 일어나
자리에 앉으라고 권한다.
처음겪는 일이라 어째야 하나
얼굴붉혀 엉거주춤 계산이 안된다.
결국은 얼떨결에 '내가 벌써!' 하며 앉는다.

60대가 되어 백화점엘 갔더니,
첨 듣는 말, '아버님!'
이 또한 걸맞지않는 말
말코같은 기분, 지하철에선
경로석도, 청년들 전용자리도 아닌 문입구에서
엉거주춤 서있을 때가 더 많았다.

반대편 지팡이쥔 꼬부랑할머니가 소리소리 지른다.
손짓으로 여기와 앉으라고
고통의 손짓, 아 운수없는 날
옆을 돌아보니,

나한테 하는 얘긴 거라, 복장터진 날
그만 얼굴 벌개져 가시돋친 자리에
꿇어앉는 기분이다.

어느 날은 경로석앞에 서있었는데
나보다 더 나이들어보이는 노인이 벌떡일어서며
나한테 기어이 자리양보할 땐 주민증 보여주고싶었다.
몇 번이나 사양했지만, 결국 강요에 못이겨 굴복했다.
그노인이 오히려 흐뭇해보였다.
내가 도로 나이를 잊고사는 건가?

이젠 어떤 호칭으로 불려도 익숙해졌다.
'세월앞엔 장사없다.'
어떤 이름으로 불려도 포기한 지 오래다.
자리 양보한 세 분에게 '고마웠어요.'
때늦은 인사를 하고나니,
몸뚱이는 벌써 서쪽으로 기울어가고있다.

왼손잽이아들

밥상머리 앉으면
준엄한 할아버지말씀
'어허 오른손으로 먹어'하시면,
온가족이 또 한마디씩 한다.

서툰 오른손 눈치보며
슬금슬금 먹으면 흘린다.
보고있던 가족들 안쓰런 눈치
난 이방인된 느낌이다.

시간이 지나 나도 몰래
다시 왼손잡이로 돌아간다.
이렇게 편한 걸
할아버지 눈만 벗어나면 늘 왼손이다.

탁구・야구 할 때, 축구도 왼발이다.
아들놈도 이방인
'미운오리새끼', 왼손잡이다.
글씨도 숟가락질도 왼손으로 한다.

'모로가도 서울만 가면 된다.'

왼손이면 어떻고
오른손이면 어떠리.
그러나 아들놈 왼손 쓸 때마다
할아버지말씀이 왼손타고오른다.

외할머니

할머니가 보고싶다, 외할머니가
좁은길 산모롱이 돌아가면
어머니 닮은 하얀목련 피는집
오솔길지나고 솔밭길지나
강가에 앉아서 어머니 그리며
물수제비 뜬다.
가도가도 꼬부랑길 외가가는 길
어머니 꽃상여 넘어가던 길.

아지랑이 눈앞에서 아른거린다.
노고지리 재갈재잘 하늘서 운다.
할머니가 기다리신다고
아버지가 싸주신 귀한 선물을
힘에 겨워 어깨에 메고 싸립문 열면
할머니는 맨발로 달려와 나를 반기신다.
'꿈속에 보이더니, 외손자 왔구나.'
어머니 품속같아 눈물이 난다.
오늘도 보고싶은 외할머니!

6갑도 한 바퀴 돌았다

6갑도 한 바퀴 돌았다.
고희도 훌쩍 지났다.
더해가는 횟수는 욕심이 아니던가.
꽃그림자 앞세워
창포꽃 맵시좋은 봄날에
살갗이 감미로운 봄바람 앞세우고
그리움 많은 글 한 줄 남기고
가는 것이 좋은데,

여기까지 살아오면서
고운일 아픈일 그누가 없었겠나.
달구지 끌고가는 힘겨운 쇠걸음
어지럽게 엮인 삶 다 털어내고
아픈 기억만 몇 개씩 남겨두고
주머니없는 삼베적삼 한 벌씩 얻어입고
하얀구름타고 앞서거니 뒤서거니
은하수 흐르는 파란하늘나라 날아간다.

제3부 어머니 오시는 날

엄니 하얀눈물

그믐달 뜨는 새벽
여우 울던 밤이다.
우물가 첫물동이이고 오시던 어머니
창가에 빗방울처럼 어린다.
물동이 맑은물 찰랑거린다.

머리위 따비타고 흘러내린 물
연신 닦으시고
어두운 달빛속에 흘러내린 물방울
하얀옷 입으시던 어머니마음같다.
어머니 하얀눈물같다.

어머니 오시는 날

가져오신 보따리는
이고들고 한가득 만물 장수이다.
보따리 풀기도 전에
낼모레 간다는 말씀부터 하신다.

벼르고별러서 1년에 한두 번 오시면서
두고온 고향집 자식들 생각에
오셔도 걱정, 가셔도 걱정,
언제나 걱정을 지고사신다.

며칠만이라도 더 쉬시다 가시라는 말에
손사래 저으시며 연거푸 걸래질만 하고계신다.
한평생 7남매 겨드랑이에 품으시곤
늘 높은산 깊은강을 어떻게 건느셨는지.

이제 내려놓으셔도 되는데
가시는 날까지
어머니 보따리속엔
자식들 걱정만 한가득 들어있다.

하늘에 가서도
걱정을 이고사실까 그게 걱정이다.

어느 필경사 이야기

그시절은 참 어려운 때 앞만 보고걸었다.
회사에는 교환수 · 타자수 · 필경사도 있다.
주산 4 · 5단도 회사에서 특채를 한다.
주요한 보고는 차트를 만들어 브리핑
연말이면 금년 실적, 내년 계획 차트를 미리 만든다.
필경사 불러 글쓰고 저녁식사하는데
우리는 반도 안먹었는데, 필경사는 수저를 놓는다.
어찌 그렇게 빨리 식사를 하느냐고 물으니,
'우리 형제는 열두 형제 함께 살았는데요.'
식사 시간은 돼지새끼 젖빨듯 전쟁,
씹는 것이 아니라 빨리 넘기는 거란다.
빨리먹지않으면 그저 빈숫갈만 오가기다.

양말 빨아놓으면 마르기도 전에 신고잔다.
어느 형제가 먼저 신고갈지 몰라서….
간식이 없어 방에는 벼짚 깔아놓고 콩을 볶아
방바닥에 뿌려놓으면 온종일 콩주워먹고 놀았다.
우리 시대는 입을 것도 먹을 것도 없었다.
요즘 어린이들에게 '밥없어 못 먹었다.'하면
'라면 끓여먹으면 되지않느냐.'고 반문한다.
우리 덕에 이만큼이라도 사니까

어떤놈이 방향잃은 주둥아리로
초대 대통령을 부관 참시 하자하고
또 어떤 조둥아리 가벼운 놈은
야당 대표가 광주가면 눈길 주지말고
말섞지말고 등돌리는 3불?
광주 시민들이
말 잘듣고 길들여진 평양 시민들인가 어디
세상에 귀신이 있다면 그런놈들 왜 안 잡아 가는지 몰라.

혈육의 정

자식이 집나서면
행여나 무슨일 있을까,
걱정은 눈처럼 쌓인다.
밤늦은 귀가 날이면
어머니는 현관문만 쳐다보고
아버지는 언제나 헛기침만 한다.
오늘도 무사히 귀가하고나면
얼굴은 언제나 보름달이다.

수시로 먼길 떠날 때면
하루도 몇번씩 걱정을 한다.
잘 있다는 소식오면
불안했던 시간들 흘러가버린다.

부모 자식정은 하늘까지다.
그마음 모르고 지나온 나날
내가 부모되고 나니,
몰랐던 부모 심정 모가지에 걸린다.

시골장날

5일 장날엔 학교 끝나면
아무일도 없는데 장터로 간다.
와글와글 북적지껄 구경하러 간다.
뻥튀기 · 생선가게 · 신발가게
약장수 · 엿장수 · 국밥집 없는 게 없다.
팔려가는 송아지는 음매음매 울고간다.

장터에서 아버지 만나는 날은
공책 연필 사주시고
맛있는 국밥도 얻어먹는다.
눈깔사탕 입에 물고 볼태기 부풀도록
아껴 먹으며 장텃길 다닌다.

생각하면
난 아버질 만나러 장터에 갔다.
고등어 한 손들고 신나서 뒤따라간다.

만나지 못 하는 날엔
오늘은 못오셨나
다녀가셨나
타박타박 힘빠진 채 고갤 넘는다. <

자박자박 아버지뒤를 따라 다니던
함께 걷던 장터엔
이젠 아버지도 국밥집도 없다.

그옛날 생각하며
아버지와 걷던 그장터길을
지금은 내 아들과 함께 걸어가고있다.
나도 모르게 눈시울이 뜨겁다.

할머니 나이테

앞산 용마루 저녁놀 물들면
까막까치 둥지찾아 서쪽하늘 난다.
하마 뒷담장 풀숲에선 실솔울고
마른나뭇가지에 앉아있는 굴뚝새
잠자리 찾아 재잘재잘 떠난다.

잘려나간 나무밑둥처럼
툇마루에 앉아있는 할머니
마른어깨위에 내려앉은 저녁놀
얼굴엔 주름나이테가
동글게 둥글게 앉아있다.

사라진 서쪽하늘 노을따라
할머니의 하얀웃음 따라가고있다.

손주 보초병

지아빠가 먼곳(러샤) 출장간 지 두 달, 짬짬이 찾는다.
보고싶다고,
유치원가는 어느 날
누나 민서가
동생 보준이 젤 좋아하는 노랜 '꽃밭에서'란다.
그말 떨어지자마자 신나게 불러댄다.
매일저녁 아빠가 잠들기 전 불러준 노래란다.

오늘 엄마마저 비엣남 장기 출장.
잠자리에선 할배보고 '꽃밭에서'를 불러달랜다.
'아빠하고 나하고 만든 꽃밭에.'
다섯 번을 부르자 잠이 들었다.

침대 1층은 다섯 살 손자가,
2층엔 여덟 살 손녀가 잔다.
할배는 마루서 보초를 선다.
멀리간 애비는
잠들면 업어가도 모르니 편히 자란다.
그래도 몇번씩 이불 다시 덮어주고
삐뚜루 자면 바로눕혀준다.

<

3경에 아기울음소리 귓속을 간지럽게 파고든다.
벌떡 일어나 들어가보니,
다섯 살 손자가 앉아
아빠 · 엄마가 보고싶다며 흐느낀다.
손자를 그러안고 눈시울을 닦았다.
'아빠하고 나하고'를 또 불러달랜다.
'봉숭아도 채송화도 피었습니다.'하니,
울음 뚝 그치더니, '할아버지 틀렸잖아.'한다.
'채송화도 봉숭화도 잖아, 그리고 왜 1절만 자꾸 불러.'한다.

2절은 왜 안불러하며
'애들하고 뛰놀다가 아빠 생각나서 꽃을 봅니다.'
80먹은 할배는 다섯 살 손자앞엔 홍당무된다.

다시 불러주니, 젖뗀 송아지 팔려가는 울음소리다.
피난 시절 일곱 살 할배도
온종일 험한 산길 30릴 헤매며
음매음매 목쉬도록 흠뻑 울던 생각난다.

한여름 오후

햇살이 익어가는 한여름오후
소낙비 쏟아지듯 쏴하는 매미소리
언덕위 대숲바람은
상수리나뭇잎 씻어내고있다.

해질녘 여울물엔 윤슬이 아름답다.
비를 품은 먹구름은 산허리를 비켜가고
산기슭 돌아가는 강물은 푸르기만하다.
기차는 가파른 언덕길 숨차게 기어오른다.

잠시 뜸하던 매미소리 다시 쏟아지고
한가한 제비들은 하늘높이 날고있다.
기차길옆 마주보는 초가지붕엔
박넝쿨이 달덩이같은 박을 달고 용마람을 오른다.

산그림자 달그림자

1년에 한 번 고향집 간다.
덩그런 기와집
뒤뜰안 장독대만 빈집을 지킨다.
어릴 적 친구들과 뒷동산 소꿉놀이하던
사금파리는 없어졌겠지.
그시절 친구들은 제갈길 다가고
나홀로 돌아와 낯선객이 되었다.
저녁이면 밥짓는 연기 굴뚝타고오르고
보름달뜨면 산그림자 달그림자 마당에 드리웠다.
옛사람 간데온데없고 빈집만 우두커니 서있다.

희미한 호롱불 그림자 문살에 비치고
이우는 달보고 먼데 개짖어대는 밤
어른들 사랑방 한가득모여
수저앞에 앉아 껄껄대며 웃던 웃음 들리지않고
달빛만 집안 한가득 내려와 출렁인다.
살갑게 맞아주던 부모님조차
집떠난 지 수10년 가을
반겨줄 살붙이 하나없는 텅빈 저녁이다.
낯선객이 왔다고 마을개들은 짖어만대고
문설주에 기대앉은 고양이만 목놓아 운다.

개꿈꾸던 날

'창경궁' 벚꽃도 최루탄 개스엔 지고만다.
봄함성에 놀란 늦은봄
대학 교문앞은 지랄탄 연기에 모두 울었다.
밀고밀리고따라가면
도망치며 줄당기기하고있다.

오늘도 눈물탄 터지는 소리 들으며
골목길을 나서는데
뒤에서 잠복 경찰관이 목덜밀 낚아채 팽개친다.
'집구석에서 나오지 말랬는데 왜 나왔어?'
끌고가 탑차안 쳐넣곤 빵 하나 던져주고
'이거나 처먹고 처박혀있어.'라며 문 덜컹 잠궜다.

하숙집 아주머니 말이 떠오른다.
'며칠 전 동대문 경찰서에서 전화왔는데,
학생은 오늘 외출하지 말고 집에 붙어있어!'이 말이 떠오른다.
차안은 숨이 막혀 질식할 것만 같다.
'죽을 수도 있겠구나.' 눈을 감고 한동안 깊은숨만 쉬었다.

그동안 잘 빠져나왔는데
나 혼자 탑차 대절해 경찰서로 끌려갔다.
'나도 관리 대상이었나?'

지금도 모르는 일이다.

하여튼 그전날 나는
개띠도 아닌데 개같은 꿈을 꾸었다.

제4부 길위에서 길을 묻다

도시로 간 금강송

훤칠하게 키크고 잘 생긴 금강송
낮엔 산비둘기 밤이면 부엉이 운다.
봄여름 꽃피고,비오고,가을단풍,
겨울어깨엔 하얀눈 내린다.

어느 날 갑자기 채홍사들 나타나
조선 8도 누비며 미인 선발하듯
잘생긴 년만 찾아내 강제 이주시킨다.
뿌리째 도려내 밑둥엔 고향흙 칭칭 동여매
트럭등에 뉘여 도시로 달린다.
매연많은 어파트 숲 한 구석
새파랗던 바늘잎은 벌써 풀이 죽어 시들시들하다.

부모 형제 다 두고 홀로 떠나와 눈물쏟는다.
먼저와 어파트 모퉁이에 자리잡은 미인송
지지대로 어깨동무하고 대나무로 얽어맸다.
비바람과 함께 잘 지내란다.

마름병에 걸린 미인은 목에 링겔 병을 걸고
물먹음도 마다하고 빨갛게 물든 가랑잎 다 떨궈내리고
고향하늘만 바라보며 눈을 감고서있다. <

'굽은 소나무가 고향을 지킨다.'는 말
차라리 등이나 굽을 걸,
아침부터 검은비가 내린다.
미인송 어깻죽지에 내려, 눈물비가 된다.

올백 하세요

보기에도 민망스런 머리
남아있는 머리칼은
양 귀 언저리와 뒷머리칼뿐이다.
앞머린 두 가닥 머리칼로
가르마를 타고있다.

30년 이발사 헛가위질에
한 가닥을 잘라버렸다.
'어쩌지요. 가르마를 탈 수 없게 됐어요.'
'왜요, 지금도 가르마타고 있잖아요.'

'제가 제가 그만' 말을 잇지 못해
안절부절이다.
'한 가닥 마저 잘라드릴까요?'
'절대 안돼' 생각에 잠겨
태연히 말하는 손님,
'그럼 올빽 하세요.'
이발소안엔 폭소가 터진다.
'올빽 하세요.' 그말
난 남의 일같지않아 얼굴이 붉어진다.

연꽃이슬

풀잎에 아침이슬 방울방울 맺힌다.
연잎위에 잠자리 파란날개 파닥인다.
청개구리 연잎에 좌불하고 앉아있다.
송사리 떼지어 아침산책한다.
물방개 자맥질에 연꽃송이 웃는다.
연꽃봉오리 하마 터질 듯
고운 그자태 물위로 솟는다.

언덕위의 집

언덕위에 집짓고 살고싶다.
아침이면 햇살조각 비치고
낮아지랑이 바람에 묻어온다.
해질녘 밥짓는 연기 피어오른다.
하얀연기 온동네 안개같이 자욱하다.
게 한 마리 짖어대면
온동네 개가 다 짖는다.
멀리서 반가운 손님이 찾아오는 소리다.

비오면 도랑물 징검다리 넘치고
오가는 사람들은 맨발로 건넌다.
저녁상 물리고 평상에 걸터앉아
하늘엔 은하수 총총히 흐르는 밤이다.
풀벌레소리 밤깊은 줄 모르고
부엉이 쉰소리 님찾아 울면
귀뚜리소리에 가을밤이 영근다.

길위에서 길을 묻다

돌아보면 먼길 걸어왔다. 살아온 날들은 좋은일 궂은일 희망도 절망도 함께 업고 걷고걸었다.

나이들어도 삶살이는 모르는 일뿐이다.

나이테 늘면 흐르는 강물 삶에 대한 깊이도 이해도 바다인줄 알았다.

그러안고용서하고 푸른하늘 쳐다보며, 어설픈 중절모쓰고, 가을길 걸으면 가슴도 넓어져 다 그러안을 줄 알았다.

가고 있는가? 주름살 늘어나고, 흰머리 날리고, 비틀거리며 살아온 날 돌아보면 난 어떤 사람이었을까? 내게 상처받은 사람은 없었는가?

원망은 내려놓았는지 묻는다. 오늘도 등걸같이 얽혀사는 세월 서산으로 기우는 길을 바라보며가는 길 바르게 가고있는지 난 그길위에서 길을 묻는다.

엄니 팥죽쑤던 날

양지바른 나목에 깃털세운 텃새들이
석양의 지는 놀에 온기를 구걸한다.
어둠의 문턱이
자박자박 소리내며 이밤을 이고간다.
동지섣달 칼바람이 새벽을 밀어내고
동짓날 서릿발에 해거름도 바쁘다.
장작불 지펴놓고 펄펄 끓는 무쇠솥에
팥죽쑤는 어머니….

두리함지박 한가득 담아서
중마루에 보자기 덮어놓는다.
먹고싶은 마음 설레어 잠못이루던 밤
살얼음낀 팥죽 놋대접에 가득담아
호롱불아래서 나이만큼 먹던 새알
드나들며 허기배 채우던 저녁이다.
범바위 부엉이 파죽팥죽 우는데
동지섣달 추위도 팥죽맛에 녹는다.

어머니의 대광주리

해질녘
여울물 윤슬에 취한다.
울던 매미는 하마 그치고
기름바 선바위는 더 검게 보인다.

자주빛감자꽃 많이도 피었다.
하현달은 게슴츠레한 실눈을 감는다.

자식들의 힘겨운 짐
어머니어깨는 날로 굽어간다.
온종일 밭매시고 푸성귀뜯어
머리위 볏섬같은 대광주리 한가득
돌아오시는 발걸음이 무겁다.

들판길 꼬부랑길
앞도랑엔 발담그신다.
땀젖은 베적삼에
호미씻어 헛간시렁에다 건다.

*기름바:바위산이 비만오면 기름을 칠해놓은 것같이 보여 붙여진 이름.

어머니, 아들 여섯 딸 하나

후덕하신 어머니 아들 여섯 딸 하나
7남매 자식낳아 살뜰이 키우시고
농사일 모르고 시집 왔건만
남편따라 일하지 아니 할 수 없어
왼종일 논밭에서 허리펴지 못했다.
밤이면 물레자아 실만들어 베짜고
누에고치길러 명주베 곱게 짜서
한겨울에 만들면 아버지 옷 한 벌
자식들 옷 한 벌씩,

'어머니!
그정성 하늘이 알지요.'

어머니손

어머니 사시는 덩그런 고향집
저녁이면 집집마다
굴뚝연기 하늘오른다.
밥익는 저녁나절 두레상에 둘러앉는다.

닭들은 한가롭게 모일 찾고
싸리비로 마당쓸어 깨끗도 하다,
멍석깐 포근한 자리엔
온식구 둘러앉아 사랑을 먹는다.

뒷뜰안 정갈한 장독대
보름달 뜨는 밤이면 정안수 떠놓고
두 손을 모은다.
밤늦도록 모은다,
오늘밤도 어머니 두 손이 뜨거운 자정이다.

내외하고 지냈는데

고향을 찾았더니, 어른들 몇 명만 알아봤다.
골목길 어린이들은 누군지도 몰라본다.
어디서온 누구냐고 물어본다.
마주친 아낙네는 고개를 돌리고
소시적 새색씨는 말 한 번 섞지않고 내외했지만
갑을 돌아 할머니가 되어 날 알아보곤 덥석 안아준다.
왜 할배가 다 됐냐고 한숨짓는다.

풋과일 같던 젊은날은 가고
허리굽고 등굽은 나를 다시 쳐다본다.
'마름댁 큰아들이지요? 나하곤 갑장이라예.'
손을 떨면서도 안아준다.
갈대꽃 흰머리 날리며 눈물흘린다.

얼굴은 남새밭 김장배추 건껍질같다.
이젠 서울이 고향이 된 걸 알았다.
달리는 차창밖을 바라보면서….

제5부

아배산 어매바다

고조할아버지의 고조할아버지집

어머니 못다하신 말씀

아배산 어매바다

세월등에 올라타고

先人들이 남긴 보물

'반구정'에서 바라본 북쪽하늘

딸 시집보낼 적에

등시린 겨울밤

겨우살이

걸어갈 날은 노루꼬리

고조할아버지의 고조할아버지집

아주 먼 그옛날 할아버지
고조할아버지의 고조할아버지집
해마다 10월이면 후손들이 모여
할아버지 산소 찾아 시제를 지낸다.

촌수는 벌써 두 자리 숫자를 넘었다.
그래도 만나면 형님·아제·할아버지하고 부르며
언제나 반갑게 형제·3촌같다.

양지바른 산에 아름들이소나무 장승같이 서있고
봄이면 진달래피고 상수리잎 무성하다.
가을엔 단풍 곱게 물들고,
도토리는 떨어져 알몸이 부끄러워 갈잎밑으로 숨는다.
소나무등걸엔 송이향 풍기는
고즈넉한 할아버지 넓은 기와집.

지난해 방문시 멧돼지들이 왔다갔다.
지붕이 내려앉고 서까래 무너지고
상량도 내려앉아 흉물스러웠다.
후손들은 말문이 막혀 할말을 잃었다.
훗날 날잡아 조상님께 제올리고

새집 지어드린다고 고하였다.

온정성을 다해 정원수와 잔디심고
지붕엔 기와올려 마당도 넓혔다.
번듯한 대궐같은 한옥지어드렸다.
고조 할아버지의 고조할아버지 편히 쉬시라고
그리고 당신이 없었으면 지금 우리는
이자리에 없었을 거라 감사하면서
고래등같은 기와집지어드렸다.

어머니 못다하신 말씀

큰병끝에 힘겨운 1년
재촉하는 시간속 짧은 날들
고통끝자락엔 고향집으로….

남은생 잠시라도 편안하고자
두 손 모으던 그정성
이젠 어머니를 위해 손을 모은다.

달려가는 도중 넷째의 다급한 목소리
임종 직전 날 기다리신다는.
짧은 만남이라도… 간절한….

‘넌 알고 있어라.
잠시 기대 쉬었다가고싶다.’
속삭이듯 들려오는 어머니 목소리다.

도착해 목메인 소리로 부른다.
고개만 끄덕이는 어머니의 응답
무슨 말씀 하시고싶었지만….

마지막 말 한 마디 남길 여유없이

얼마나 힘겨워 하시는지
그래도 인연끈 놓지않으려는 순간순간들….

'내려주신 사랑 고맙습니다, 어머니!'
알아들으셨는지
고개만 뜨덕이시고는….

깊은숨 몰아쉬고는 고개 떨구신다.
무릎에 안겨서 먼길 떠나신다.
네째는 인공 호흡 시켜드리고있지만….

그날밤 당신의 편안한 얼굴
모든 걸 내려놓으신 그맑은 얼굴
고운 모습, 잠드신 고운 모습
가슴깊이 고이고이 담았다.
섣달 찬바람에 문풍지도 밤새워 울었다.
나도 울었다.

아배산 어매바다

서러운 삶
인절미 자르듯 잘라내고
품은자식 많아 힘겨운 나날들
보듬는 일도 힘들어
무건짐 허리 한 번 못편다.
날개죽질 접었다.

백 살 갑절을 산다해도
오르지 못할 아배의 높은 산
다시 태어나도
건너지 못할 깊고넓은 어매바다
눈물이 마른 후에야
가물가물 흐르는 강줄기가 보인다.

세월등에 올라타고

붙들어도 가는 초생달 매정도 하다.
해가면 달오는 겨끔내기
잡을 수도 없고 막을 수도 없다.

화살처럼 쉬지않고 날기만 한다.
젊은 날엔 따라 갈 수 있었지만
등굽으니 숨가빠 주저앉고싶다.

강물은 언제나 그대로 흐른다.
내 갈길만 바빠 세월탓만 한다.
저물어가는 그믐달도 따라가기 힘들다.

세상일 다 잊고잊으려
堂狗風月 유유 자적
바람등에 올라타고 함께 간다.

先人들이 남긴 보물

낙동강 물총새 물고기낚고
'도산 서당' 시선들은
퇴계 선생앞에서 시를 낚고있다.

하회마을 들어서니, '이리 오너라.'
서애 선생 목소리 들린다.
이매탈 춤사위 한마당에
허도령 이매탈에 애가 탄다.

오매 불망 도령을 사모하던 처녀는
턱이 없는 이매탈이 되었다.

'안동 소주' 한 잔에 목줄기타들어
'간고등어' 안주삼는다.
개다리상에 헛제사밥에
찜닭으로 항아리배를 채운다.
성인들의 숨소리듣고 선비의 고장을 뒤로하고
퇴계・서애앞에 큰절하고돌아선다.

'반구정'에서 바라본 북쪽하늘

선을 긋고 산 지가 70년
임진강 북쪽엔 부모 형제 사는 곳
북녘하늘 저멀리 내가 태어난 곳
백로들은 남북을 원없이 오간다.
등업혀 온 실향민은 백발된 지 오래다.

손내밀면 닿을 듯한 고향엔
부모 형제 생사도 모른다.
오늘도 등굽은 체 망향의 한을 품고
'반구정'에서 하염없이 북녘하늘만 바라본다.
연필로 그은 선은 지우면 되는데….

딸 시집보낼 적에

밤새워 기다려
처음 만난 아들딸
논병아리처럼
이쁘게 커가는 모습에
세월가는 줄 몰랐다.
어느샌가 성년이 되어
떠나야 할 시간.

짝찾아 왔을 땐
시원하고 서운함이
잘 살아달라고
소원도 빌었다.
면사포쓰고
손잡고 걸어갈 때
딸보내는 날 운다더니,
울내외도 울었다.

등시린 겨울밤

앞산 뒷산에도 하얀눈 쌓였다.
하늘천장엔 하얀별들이
못자리 볍씨 뿌려놓은 듯 점점이 박혀있다.
보름달 달무리도 하얗게 흘러간다.
소죽끓인 건넌방은 쩔쩔 끓는데
초저녁 군불땐 사랑방은 새벽녘에야 식어서
등시린 몸뚱아리를 돌아눕힌다.

찬바람 불어와 문풍지 울어댄다.
떨어지는 유성을 보고놀란
강건너 외딴집 개짖는 소리에
선잠깨어나 들창문 열어보니,
달은 서산으로 기울어간다.
늦은밤 잠들어 적막 강산에
닭우는 소리 듣지도 못하고 3경을 넘겼다.

겨우살이

겨울을 이고 사는 겨우살이
봄날은 화사하겠다.
산비탈 잎마른 고로쇠나무에서
흐르는 물소리 들린다.
달빛도 길물어가는 골목길 끝자락
덜컹거리는 창틀사이로,
제맘대로 들락날락하는 칼바람에
거릉거리며 토해내는 기침소리,
하루 연탄 한 장에 등붙이고
구들장지고 살아가는 사람들….
훈훈한 바람 불어오면
봄날은 화려하겠다.
등시린 겨울 하마 잊은 채
햇살쬐는 들창가 봄날은 졸고있다.

걸어갈 날은 노루꼬리

봄날 눈맞춘 연인들 가을로 간다.
가볍게 털고감이 아름답다.
꽃향 자욱한 젊은 날
첫사랑얘기 서로 눈맞아 입맞춤한다.

봄바람 불어오는 푸른날 아침
수줍어 방울새 운다.

있으나마나한 꼬리는 노루도 모른다.
살아온 사연 잊고사는 게
더 나을지도 모르는 일
멀어져간 옛일 귓전에 젖어드는 밤
머잖아 갖다버려야할 생이별앞에서
걸어갈 날이 걸어온 날보다
짧아진 노루꼬리만한 길위에 서있다.
흠뻑 비맞고 걷고싶은 오후 한나절.

第6部 ——— 안동 댐 물안개 갈대꽃

집사람 눈치보며

삶살인 까막잡기

사람에게도 등급이

장맛비 멈춘 사이

임은 샛별되었다네

갈 대 꽃

준다, 다 준다

엄닌 가시고기

한 지붕 세 가족

종　택

여보게나

인생 후반전 전주곡

사랑의 밀당

자 화 상

안동 댐 물안개

집사람 눈치보며

머리칼도 다 빠졌다, 남은 것은 뒷머리뿐
'가발 써요. 염색해요.'
아내채근에 가시가 돋쳐도
생각대로 흘려듣곤 척도 안했다.

집사람 흰머리나더니 변했다.
관심도 채근도 다 내려놓았다.
요즘은 잔소릴 안하니 좀 거시기하다.
하루 3식 해야하나 외식 한 번 하면 좋겠다.
배꼽시계가 맞지않아
밥도 따로 먹을 때가 많다.

설거지 · 빨래 · 방청소도 힘들어한다.
어딜 오가는지 묻지않을 때가 있다.
이젠 내가 알아서 할 일이 많아졌다.
주객이 완전히 바뀌고, 주도권도 뺏겼다.

조막만한 강아지도 가족들 서열은 다 안다.
첫째는 집사람, 둘째는 딸, 셋째는 아들, 난 꼴찌다.
집사람앞엔 꼬리가 빠지도록 흔들고
숨이 넘어갈 정도로 아부를 떨어봐도

'소 닭보듯' 나한텐 관심도 없는 지 오래.

어느 날 출가한 딸이 말하길
'아버진 엄마 눈치만 보고 말도 따라만 한단다.'
'젊은날의 큰소린 다 어딜 보내셨어요.'
언제부턴지 그렇게 된 것같다.

'아, 이젠 쪼그라든 조쟁이*도 뗄 때가 된 것같아.'
'살송곳 뚫을 일도, 골풀무에 녹여질' 일도 없다.
더구나 이젠 '자야*나 강아*, 진이*'같은 이도 없다.
'중머리에 빗'이라, 그것도 집사람 눈치봐야 하나.
화려한 시절 다 가고
요즘은 집사람 눈치만 보며 산다.

*조쟁이 : 남자의 성기를 두고하는 제주도 방언.
*자야 : 백 석의 여인.
*강아 : 정 철의 여인.
*진이 : 황진이.

삶살인 까막잡기

나이테는 목까지 찼지만
남아있는 날들은
그리 멀지않다.

함께할 시간들 그얼마일지
누구도 모르는 일
해지면 달뜨고 달지면 해뜨는
서로 간에 겨끔내기를 한다.

꼬리물고 따라가는 해와 달의 까막잡기
경칩이 와도 개구린 보이지않는다.

겨울은 슬금슬금 떠나려하지만
3동에 무슨 미련이 남아
아직도 동장군 갈길 이리 머뭇거리기만 하는가.

떠나기 아쉽다고 뒤척거리면
봄은 겨울눈치보며 올까말까 갈까말까가
올까말까 갈까말까
망설이고만 있을 거다.

사람에게도 등급이

'공자님, 사람에게도 등급이 있나요?'
공자 가라사대
"등급이 있느니라.
집지키는 똥개라도
'오수의 개'(義犬)가 있는가하면
정승 판서도 광기로 살아가면
'狂犬'이라하고,
사냥을 하면 사냥개
똥을 먹으면 똥개라 하느리라."

'하오면,
상사라고 목에 기부스 하고
경영은 쥐뿔도 모르면서
젯밥에만 눈이 멀어있고
社主·혈연 앞세워 안하 무인
갑질하고, 갈구고, 승진에도 차별하고
부하를 눈에 가시같이 여기는 상사와,

호랑이 힘믿고, 뒤에서 폼 잡고
지연 앞세워 직속 상사 치받고
중심잃은 주둥이로 밤낮없이 짖어대고물어뜯는 부하 직원,

이 두 사람은 몇 등급쯤 되는지요?'

공자 사라사대
'아서라, 거두어라, 그정도면 중환자다.
등급을 매길 수가 없구나.
머잖아 곧 제갈길 가게 되느니라.'

장맛비 멈춘 사이

장대같은 빗줄기 멈춘 여름날 오후
개울물 불어 돌다리 넘친다.
돌다리 건널 땐 맨발로 건넌다.
꽃제비 강물위 물차고날아갈 때
송사리떼 화들짝 놀라 물풀속 숨는다.
물안개 자욱이 산허리에 걸려있고
산봉우리넘어오는 옅은 햇살은 숨어들어
참새들 용미루에 앉이 날갯죽지를 흔들어댄다.
깃털에 젖은 물방울을 털어대고있다.

매미들 울음소리 멈추고나서
장맛비 잠시 멈춘 틈사이
여린날개 면류관 온몸 털어말린다, 누가?
머루·달래넝쿨·잎사귀 물을 먹여
먹장같이 푸르다.
바위아래 산도라지 자색꽃 물을 먹어 곱다.
날다람쥐 오동나무잎으로 우산해쓰고있다
산비둘기 솔등걸에 앉아 구구구
젖은 속적삼 말려가며 날아갈 준비를 한다.

임은 샛별되었다네

——'17. 9. '윤동주 청운동 문학관'을 다녀와서

1.
창씨 개명 거부하고 돌아섰던 배움길
어린가슴 멍안고 잠 못들던 밤
하늘바람 별들은 그대로 피어난다.

빼앗긴 땅 서러워
그대로 발길 돌린다.

2.
모진 세월 지나면 그고통 잊혀질까.
어젯밤 꿈길엔 어머니가 보였다.
목매여 불러봐도 애절함만 더했다.

창살엔 울림만 되돌아온다.

3.
나라잃은 백성들은 도륙 당해 흩어졌다.
도둑들에 짓밟혀 피지못한 꽃봉오리들이다.

꺾여버린 그아픔으로 異國에서 요절했다.
바람타고 하늘의 샛별이 되었다. <

4.

외마디소리로 이승을 하직했다.
못다한 그말씀 가슴묻어두고
원통하고애절한 眞紅의 吐血을 어찌 잊으리.

큰별 잃은 설움에 이가슴 저려 북받쳐 운다.

갈 대 꽃

달도 피곤한지 가던길 멈추고
구름위에 쉬고있다.

여우비 내리는 저녁나절
흔들리는 도시를 식힌다.

낙조에 기울어진 황혼빛은
저무는 바다에 빠져든다.

해평선 배들은
노을싣고 떠난다.

지붕위 고지는 '一片明月'이다.
어둠은 침묵에서 깨어나고
달은 오동나무우듬지에 걸려있다.

초저녁 바위산 부엉이 울면
솔나무 썩은가지에 달빛이 운다.

청라는 어둠타고 담장을 기어오르고
건들마엔 은색갈대꽃 서걱이며 날고있다.

준다, 다 준다

꽃제비 바람타고 북녘땅 찾아가면
찬기운 문틈으로 들어오는 아침나절
청하늘 창포빛 가을햇살 따갑다.
지붕위에 빨간고추 자식집에 보낼 준비
들판 허수아비 참새떼 쫓느라 식사거른 날
어머니는 참깨·들깨 타작하고있다.
첫물 참기름·들기름 호리병 묶었다.
다람쥐 겨울양식 준비에 온종일 바쁜 하루
누렁인 하릴없어 마당만 어슬렁
서리배병아리 조석엔 어미품만 파고든다.
들판에 살살이꽃 밤하늘 정겹다.

남새밭 무우는 퍼런속살 내놓고
배추는 머리끈 질끈매고 김치독 꿈꾼다.
아들딸 떼로 몰려와 가을걷이 한 것
싹쓸어 절하고손흔들고 입은 귀에 걸고간다.
장롱속에 꼭꼭 숨겨둔 용돈까지 탈탈털어
손주들께 아낌없이 준다, 다 준다.
텅빈집엔 어머니 혼자 두 다리 뻗으시고
손가락 갈구리가 되어도 서러움없다.
떠나보낸 자식들 생각에 헛웃음짓는다.

오늘밤도 달빛별빛 붙잡고 새벽닭 울 때까지
새끼들 잘되게 해달라고 두 손 모으신다.

엄닌 가시고기

어머니와 딸은 축복의 만남이다.
어릴 적엔 하늘아래 둘도 없는 엄마다.
시집가면 친정어머니,
자식낳으면 외할머니,
딸이 엄마되면 친구가 된다.

세상일 고주알 미주알 비밀은 없다.
남편・사위 흉보는 일도 둘이는 한다.
꼬물꼬물 외손주 나오면 시엄닌 뒷줄서고
친정엄니가 앞장서 팔걷고 다릴 건넌다.
머리띠 동여매고, 안고얼리고 알뜰살뜰 보살핀다.
자식에게 못다준 정 다 쏟아붓는다.
언제나 딸도 친엄니가 먼저다.

내새끼 울기만해도 쩔쩔 매다가
의사 젖혀두고 엄니께 전화로 처방받는다.
그래서 엄닌 딸의 의사요, 보육 교사다.
딸이 입던 배내옷도 수10년 간직했다 손주입힌다.
집안일마저 다 해주는 파출부다.
반찬 만들고, 김치만들어 퍼날라다주고
백화점 사우나 맛있는 음식점은 다 찾아간다. <

사위오면 백년손님 왔다고 귀한 대접,
언제나 아낌없이 주고 다 퍼다주는
세상에서 둘도 없는 엄니가 된다.
생일챙기고, 옷사주고, 신발까지 다 사다준다.
그래서 엄니는 제몸 다 주고가는 가시고기다.

한 지붕 세 가족

아들 · 딸 · 우리집 세 가족 한 지붕아래 산다.
어릴 적 할머니와 3대가 합께 살았다.
자식들 결혼시켜 동서 남북으로 흩어져살았다.
집안행사 있을 때 아들 · 딸 손주들 왔다가면
떠나간 텅빈집 둘이서 외로움만 더하고
자식들 · 손주들 생각에 서로가 말이 없다.

젊은 날 고향갔다 떠나올 때
부모님이 동구밖까지 손흔들어주시던 그맘 이제야 알았다.
손주들 재잘재잘 노는 모습 눈에 아리고
멀리있는 손주들 봐주러 오가는 시간 아까워
그래서 우린 한 어파트에 모여산다.

우리집과 아들집은 같은 라인 3 · 5층
딸집은 옆 라인 3층에 산다.
맛있는 음식해서 나눠먹고, 함께 외식하고
유치원 · 학교 데려다주고, 데려오고,
오가면서 고사리손 잡고 오손도손 옛얘기한다.
떡볶이 · 붕어빵 · 아이스크림 사주고 사탕도 사준다.

주말이면 요리해서 세 가족이 왁자지껄

사람사는 냄새가 집안 한가득
오늘도 손주들 그러안고 산다.
작은것에서 행복을 찾으니, 더 행복하다.
먼훗날 조부모를 어떻게 생각할까?
그것도 궁금하다, 할배 · 할매 생각하며 시도 쓰겠지.

종　　택

든걸음 난걸음에
닳아버린 문설주
문지방(門地枋) 닳도록 객들은 오갔다.
별채에 깊고맑은 우물은
뚜껑덮어 사용한 지 오래다.
기둥그림자 마루에 길게 눕던 날
빛바랜 문풍지도 소리내어 울어댄다.
용마루 기왓장엔 잡풀이 우북하다.
남새밭 가꾸지않는 이랑엔
무・장다리꽃 홀로 피었다.
담장밑 장독댄 외로이 서있다.

뜰안에 감나무초리에
넉넉한 까치밥 남아있다.
별당 새아씨 초례하던 날
온동네 큰잔치벌였다.
사랑방엔 언제나 손들이 한가득
분주하던 집안은 발길끊겼다.
물항라저고리 입던 시절 가고
홀로남은 종부는 찾지않는 종택에서
등굽은 어깨에 흰머리날리며

노을진 서쪽하늘 바라보며
툇마루에 앉아서 살아온 날들을 지우고있다.

여보게나

여보게 가시는가.
간다온다 말없이
가버리면 어쩌란 말인가.
함께해온 날들이 쇠털같은데
남아있는 날은 또 얼마인가.
혼자가면 어쩌란 말인가.
함께한 정이란 내 가슴에 남겨두고
몸만 가시세나.
'회자 정리'요, '거자 필변'이라 했으니,
먼저 간다고 서러워말게.
우리도 곧 따라갈 테니,
함께할 장소나 잡아두게.

다시 만나면 이승에서 못다한 정
그곳에서 나누세나.
여보게 부탁이 있다네,
우리가면 꼭 마중 나와주게나.
처음길이라 자네가 이승에서 했듯
저승에서도 등불켜고가는 길 밝혀주게.
속세에 번뇌랑은
하늘급행 열차타고가실 때

다 창밖에 던지시고 편히 가시게.
뒤돌아보지말고 훨훨 날아가시게나.
여보게나!

인생 후반전 전주곡

은퇴후 내게 주어진 시간
얼만지 누구도 모르는 일
인생의 후반전 계획을 세웠다.
순서는 하고싶은 것부터 한다.
먼저 요리 강습 등록했다.

모두 3·40대 딸같은 주부들
첫날 교실에 들어서니, 모두들 쳐다본다.
'요리 교실인데, 잘못 찾아왔어요.'
'재혼해 젊은부인 요리해 주시려고요?'
당황스러워 고개 절래절래 얼굴붉혔다.

네 명이 한 조라 겨우 끼어들었는데
손발이 안맞을까 당황하는 모습이다.
40대 가장은 손발맞지않아 집으로 갔다.
첫시간 내가 할일은 양파채 써는 일이었다.
단번에 탁탁탁 쫙, 채를 썰었다.
우와아 하고, 요리 9단 왔다고 소리질렀다.

그후로 요리 못하는 인식을 완전히 지웠다.
한평생 밥얻어먹고 출근했는데

내가 앞치마 입을 때라고 생각을 했다.
1년동안 배워서 가족에겐 쉐프가 되었다.
아기낳는 일 빼고는 여자하는 일 다 한다.
인생 2모작이 즐겁다, 요리는 예술이다.

사랑의 밀당

지남철도 엔(*N*) 극과
에스(*S*) 극이 서로 좋아서 떨어지지않는다.

만나기만 하면
시도때도없이 끌어당기기만 한다.

바닷물도 썰물 밀물끼리
하루에 두 번씩 밀고당기기를 한다.

때로는 만조와 간조로 밀당을 한다.
당신과 나와는 간조도 없고 밀당도 없다.

올릴 치마도 내릴 고쟁이도 없다.
오늘밤도 애꿎게 죽부인만 그러당긴다.

자 화 상

거울앞에서
나를 본다.

거울엔 내가 없다.
첨본 내 얼굴 어디로 갔을까.

지난 긴긴 지나온 날들에 묻힌
그림자따라 갔을까.

까치발로 걸어온 길
어디에도 없다.

반백 년 돌아가면
도로 날 찾을 수 있을까?

안동 댐 물안개

안동 댐 물안개 하늘오를 때
산허릴 돌아돌아 용개골 은행잎에 이슬방울로 서리면
약산서 불어오는 갈대바람에
는개비 내린다.

길안들 사과나무 메마른 가지에
봄비 내리면
여린가지끝 꽃눈 마디마디 빨간멍이 들어
간지러워 간지러워 하얀사과꽃 핀다.
임하 댐이 다 덮이도록 지천으로 핀다.

제7부

손자는 눈치가 9단

손자는 눈치가 9단

할배 · 할매 · 네살손자 세 사람 대화,
할매가 '지호는 할아버지 좋아하지,'
말 던진다.
'난 할아버지가 더 좋아.'
할매앞에서 재확인시킨다.

'할머닌 지호 반찬 다 만들어주니까,
할머닐 더 좋아해라.'는 할배말에
손자는 '할아버진 밥 먹여주잖아.'
진솔한 한 마디에
할매는 뾸이나 얼굴빛조차 바뀐다.

'오늘도 할아버지와 목욕해라.
할아버지 더 좋아하니까, 난 집으로 간다.'
할매말엔 고개숙이고 말이 없다.
잠시 후 할배가 '지호야, 목욕하자.'니까,
'할머니하고 할 거야.'

손자는 알아차렸다.
할매품에 안겨 목욕하고 기분도 좋아졌다.
손자는 눈치가 9단

강아지도 자길 좋아하면
누구라도 좋은 게 '인지 상정'
그래서 할매마음도 풀렸다.

능금이 익을 때면

무서리 내린 논밭두렁 걸어갈 때
밤새내린 서리에 아랫도리 젖는다.
논벼이삭 들판은 노랑색
메뚜기도 추위에 떨고있다.

추수끝낸 참깨밭엔 깨끌대기만 남았다.
고무신에 다래끼 매신 엄니
새벽길 떠나는 자식 배웅하러 간다.
아버지가 심고가꾼 과수원길 간다.

잠도 덜깬 들길 엄니와 둘이 걷는다.
봄·여름·갈 가꾸신 정성
산에 계신 아버지도 좋아하시겠다.

바다같은 과수원
능금이 밤하늘 별같이, 능금이 빨갛게 달려있다.
하나 따 시냇물에 씻어 입에 넣어주신다.
한입 베어무니 꿀맛이다.

첨 먹어보는 고향 누래기능금맛
먼길가신 아버지 생각난다.

강건너 멀리 사라질 때까지
엄닌 과수원밭뚝에서 손흔들고 계신다.

혼자서 가꾸신 첫수확 사과밭을 보여주기 위해
나와 먼길 함께 걸었다.
지금도 능금 빨갛게 익을 때면 어매 · 아배가 보인다.

내가 왜 이러나

우리집 현관문엔 오늘 가져갈 물건
핸드폰 · 안경 · 지갑 · 시집 메모 장 붙어있다.
외출하러 집을 나섰다, 잊은물건 가지러
다시 들어가는 것은 익숙해졌다.

책들고 다니다, 어디다 놓으면
핸드폰을 차에 놓고 내려도 난 모른다.
안경 찾아 온집안을 헤맨다, 안경을 쓰고서
집사람이 날 보고웃으면 그때서야 안다.

물건을 찾지못해 빙빙 돌아다닐 때
집사람이 대신 찾아주는 것
일상 생활이 된 지 오래다.
잘 찾아보고 물어보라 면만 준다.
자식들도 날보고 헛웃음만 짓고있다.

집사람과 손주들 손잡고가다 몰라보고,
산책길 갔다돌아갈길 모르면 어쩌지.
친구들 만나도 몰라보면 난 어쩌지.
그들은 슬픈눈을 하고 돌아가겠다.

<

오늘도 나는 손에 들고놓는 것을 잊지않으려 용을 쓰고있다.
젊은시절 기억력은 다 어디로 가고, 돌아서면 잊어버리는
희미한 기억속을 헤매고있을까.
아름다워야할 길목에서 길을 헤맨다.
오늘도 정신줄 놓지않으려 시를 쓴다.

날 부르는 소리

고향 강언덕 · 꽃동산 · 강물은 그대로다.
당제사 지내던 아름드리나무
수백 년된 팽나무 · 회나무도 늙어서 뒤틀리고
껍질엔 이끼끼어 힘들어뵌다.
암소 앞세워 쟁기지고가던 사람들 보이지않는다.

언제 맸는지 팔뚝같은 그넷줄만 삭아있다.
여름이면 동네사람 다모여
보릿짚깔고 낮잠도 잔다.
사람들 발길 멈추니, 쑥대밭 다 되었다.
강어귀엔 돌아가던 물레방아도 흔적없다.

타향에서 젊은날 다 보내고
등굽고허리굽어 고향에 돌아오니,
옛사람 · 옛친구들 다 떠나고없다.
하루해가 저문 어스름 저녁나절
'이사람아!' 하고 부르는 소리 들린다.

새벽닭 울지않는다

마을엔 어린이울음소리 들린 지 오래다.
한낮 햇살도 졸고있다.
드문드문 찾아오는 인기척에
한숨짓는 노인들 시름이 깊어간다.

산에는 소나무·상수리 무성하게 자란다.
산비탈엔 자주색 도라지꽃 핀다.
주인없는 묵정밭은 쑥대밭
거두지않는 장다리만 우북이 자란다.

가끔씩 고샅길로 오가는
고향찾은 등굽은 이들만
이집저집 기웃기웃 발길 돌린다.

오늘도 햇살은 서산으로 기울고
빈집엔 고양이 제집같이 드나든다.

뒷담장 대숲은 바람에 서걱이고
마을엔 새벽닭 우는소리 들리지않는다.
떠나버린 그인연 돌아올줄 모른다.

니캉 내캉

내가 닐 기다림은
니가 내보다
더 슬픈 운명이라 그래.
옹배기 8자라
아무리 뒤틀려도
난 닐 기다려.

봄꽃이 고운 건 아픈 결이 있어 그래.
니도 내도 그렇네.

가슴에 묻어둔
젊은날의 꽃청춘
상처난 그사연
가슴속에 묻어두고
먼길 돌아서
여기까지 왔었네.

청춘의 아픔이야
누군들 없으랴.

스산한 들바람

땅거미에 지고
갈바람 풀벌레 슬픈소리
가로등없는 강변서
널 기다리네.

나룻밴 몇번이나 오갔나.
빗겨간 그인연
달빛에 젖어도
밤마다 강가서
안개꿈 꿨네.

천 년 해뜨면 용광로 불덩이
영겁 인연으로 다시 태어나
니캉내캉 아우라지 만나는 윤슬같이,

달빛품은 하얀꽃가마
니도내도 몰래타고
오늘도 니캉내캉 함께 갈
파도말이바다를 꿈꾸고있네.

제8부 잔소리하지 마세요

잔소리하지 마세요

손자·손녀 유치원 초등 학교 입학하던 날
나도 할머니도 입학하러 가는 날이다.
강당엔 어른들이 갑절이나 많다.
선생따라 아장아장 따라가는 병아리들
이름부르면 네네 힘찬 대답소리.
아침마다 잠깨워 세수시키고
밥먹여 어르고달랜 후엔 줄넘기놀이
할배는 책가방 양 어깨에 메고 앞장을 선다.
양 손엔 준비물
문앞을 나서면 골목마다 차들이 굴러온다.
횡단 보도 건널 땐 사람들에 받칠까
안절 부절 한 시도 눈을 뗄 수가 없다.
하교길엔 마중나가 데리고온다.

단추누르고 문열리면 혼자 올라오라 했더니,
그것도 싫다며 마중나오라 한다.
매일 내려가 승강기 함께 타고올라온다.
여덟 살 손녀 민서가 하는 말
'할버지 또 잔소리 하지마세요.'
'오늘도 무슨말 할지 난 다 알아요.'
혼자 단추누르고 올라오라는 말도 잔소리로 들렸다.

할배 혀에 못을 박는 손녀
절대 군주 손주들 앞엔 쩔쩔매는 할배 · 할매다.
상투 · 옷고름 잡힌 진 이미 오래
할배 · 할매권위는 엿장수 가위질에 달렸다.
그래도 마냥 즐겁기만 한 하인 할배 · 할매
어릴 적 할배 · 할매는 긴장죽 대꼬바리 탁탁 재떨이에 터셨다.
'에헴'하는 헛기침에 모두들 쩔쩔 맸다,
요사이 손주들은 할배 · 할매를 하인으로 보지만.

팥죽먹던 날 밤

고향집 삽짝문 들어서면
어매품속이다.
하얀연긴 아스라이 굴뚝타고오른다.
대비로 마당쓸어 깨끗도 하다.
누렁이는 반가워 뛰어오르고
거름더미 꼭대기엔
미끈한 장닭이 암탉들 거느리고
옆집장닭 넘어오지 못하게
연신 허세부리며 큰소리로 울어댄다.
서리배병아린 어미 따라다닌다.
앞마당 대추나무 뒷뜰 감나문
언제나 반겨준다.

남새밭 무 · 장다리 꽃대만 남았고
외양간 암소는 앉아도 서서도 되새김질 바쁘다.
목매긴 젖달라고 어밀 보챈다.
도란도란 둘레상 둘러앉아
가족들 온기는 한방 가득하다.

호롱불 그으름타고 오를 때
나이만큼 먹던 동짓날 새알팥죽

나무통에 가득담아 중마루에 두면
자리끼 얼던 밤 한사발 떠서먹던 팥죽.
윗목에서 물레잣던 어매는
하얀눈 밟고 밤늦도록 마실다녀오신 아배께
개다리상에 숫가락 올려드린다.

씨르래기우는 밤

돌담아래 대숲에 씨르래기
씨르륵 찌르륵 찍 찾아든 밤
오동나무 우듬지에 보름달 걸려있다.
지붕에도 허연 둥근달
하늘 매달려 서쪽하늘 간다.
간간이 흰구름 가리면
찌그러진 보름달 몸부림
미리내 호수엔 돛단배 간다.
하늘열차 다리위로 건너간다.
북두 7성옆엔 큰곰·작은곰 이웃하고있다.

마당에 멍석깔고누워 잠들 무렵
하늘엔 여기저기 별똥별 떨어져
긴꼬리 달고 여운흐른다.
뒷산 늙은솔나무 등걸엔
부엉이 부엉부엉 소리
원두막 수박·참외 끝물 익어가는 소리
지붕위 하얀 고지꽃
하얀 달빛이고 하얀
씨르래기우는 밤
아긴 젖물고 별이불 덮고
깊은잠에 빠져 여름밤은 깊어만 간다.

하얀별빛 이고오신다

아까시꽃에 벌들이 날아들면
어머니 싸리광주리엔
보시기 점심싸서 호미넣고
밭으로 가신다.

머리엔 수건덮고
온종일 긴긴 밭고랑 매신다.
목화밭 하얀꽃 감자밭 자주꽃
곱게도 피었다.

모퉁이 뙈기밭엔
도라지꽃 · 파꽃엔
벌 · 나빈 꿀독에 빠진다.
사래 긴밭 다 매시고오시면

베적삼 흠뻑젖어
도랑물에 발담그시고
싸리광주리엔
언제나 푸성귀 하얀별빛 이고오신다.

어이어이

해지면 해그림자 떠나고
깊은밤 달그림자 기운다.
해지면 달뜨는
겨끔내기하면서 날 신고간다,
지나간 아쉬움 뒤로하고.

물안개 사운사운거리는 아침나절
그리움 남겨두고 발걸음 무거울 때
가방 하나 둘러메고
고운시집 한두 권 챙겨넣고
새끼손 언약한 이나 친구나
완행 열차 창가에서 어깨 맞대고,

큰산아래 작은산 강물아래 시냇물
다리아래 신작로길
소달구지에 황소걸음, 뉘엿뉘엿 해저문다.
굽이굽이 강줄기 산굽이 돌아갈 때
산모롱이 외딴집 저녁놀빛에 외롭다.

봄날엔 산비탈 진달래,
두견이 울면 화들짝 붉은꽃 핀다.

한나절 소낙빈 쏟아져 황톳물 흐른다.
들국화향에 단풍잎은 고이고이 여울지고
함박눈 어깨위에 쏟아지는 날
어이어이 길따라 먼길 짧은길 소풍 떠난다.

고 향 집 · 1

성상의 세월지나 등굽은 나처럼 휘어져있다.
오랜세월 비바람에 할퀸 상처들
굳게닫힌 대문도 둘러쳐진 돌담도
마을길 확장으로 오간데 없다.

담장도 없는 집에 아버진 혼자 마당쓰신다.

어머니가 심어놓은 단감나무는
자식품은 엄니같이 많은 감 품었다가
싹둑 잘려나간 뒤
집안엔 허전함이 먼지처럼 쌓였다.

뒤뜰안 장독대만 홀로 집을 지킨다.

집에 가면 언제나 엄니 혼자 안방 앉아계신다.

고 향 집 · 2

해질녘 밥짓는 연기 굴뚝타고오르면
온동네 하얀연기 하늘오른다.
마당엔 닭들이 모이찾기 바쁘고
참새들은 처마밑에서 날개접는다.

외양간암소는 되새김질 바쁘고
가마솥쇠죽은 펄펄 끓는다.

송아진 젖달라고 어미소를 졸라댄다.

닭들도 잠자리 찾아 횃대에 오르고
담장아래 살살이 서릿바람 맞고있다.
서산에 한뼘남은 햇살마저 숨고있다.

고샅길 건들바람 두루막자락 날리고
아버진 장날이라 빈손이 아쉬워
자반 한 손 들고오신다.

백구가 더 반가워 꼬리빠지게 흔들어댄다.

고 향 집 · 3

앞마당 한배나무 우듬지에
초승달 걸려있다.
겨울을 재촉하는 궂은비
궂은빈 추적추적 내리고내린다.

북녘에서 날아온 쇠기러기
떼지어 갈대숲에 앉는다.
감나무우듬지엔 까치밥 혼자 외롭다.

곡식거둔 들판엔 허수아비 홀로 서있고
거두지않는 김장배춘
상강절에 머리 얼어쌓고있다.

뜰안 낙엽은 바람에 뒹굴고
담장밖 대나무잎엔
벌써 겨울바람이 찾아왔다.

<시인의 말>

'고향집 삽짝문을 들어서면…'

첫시집 낸다는 의욕만 앞섰지, 내용이 모자라 아쉬움이 남는다.

좀 더 다듬어 내보냈어야 했는데, 지금에 와서야 부질없다는 생각이 든다.

살아오면서 버킷 리스트(*bucket list*)에 올라있는 항목 중 하나씩을 뽑아 내 숱한 날들 보내며 망설이다가 원고지에 담아 설레는 맘으로 엮어 세상밖으로 내보낸다.

살아오면서 접한 일들을 긁어모았다.

초등 학교 졸업과 동시에 고향집을 떠나 학창 시절을 보내고, 사회 생활을 지금껏 해왔다.

언제나 고향집 · 부모 · 형제들 · 옛친구들 그리고 산과 강 늘 머리속엔 그리움 가득했다.

언제라도 고향집 삽짝문을 들어서면 늘 어머니 품속이다. 그래서 고향 시를 많이 쓰게 됐다. 무엇보다 어머니에 대한 애착이 많았다.

시간의 똑딱소리가 언제까지 들릴지 몰라도, 하여튼 낯선 길을 나섰다. 독자들 감동은 없을지라도 읽는이의 옅은 웃음이라도 짓는 시였으면 좋겠다.

義山 申世薰 선생을 만나 짧은 기간에 첫시집을 내게 됐다. 거듭 고마운 인사드린다.

시집을 내면서, 아들 태석, 며느리 서정하, 딸 지선, 사위 안성일과 집사람 배유경 님에게 고마움을 전한다. 내 손주들, 민서・보준・안지호! 생각만해도 사랑스럽기만 하다.

2020. 1. 22. 庚子年 大寒節에.

權 重 容

權 重 容—약력

- 경북 안동 출생.
- 연세대 행정학과 졸업.
- 기업체 임원 역임.
- 2018. 제110회 '自由文學' 시부·청시부 초회 추천.
- 2019. 제111회 '自由文學' 시부·청시부 2회 추천 완료.
- 첫시집 '함께 밥먹는 사람'(2020. 도서 출판 天山).

- 주소 · 05806. 서울시 송파구 송파 대로 22길 4 - 20. 102동 303호(010-5232-3111).
  · jjyk0@naver.com

天山 詩選 127

權 重 容 첫시집

함께 밥먹는 사람

4353('20). 2. 18. 박음
4353('20). 2. 25. 펴냄

지은이 權 重 容
펴낸이 申 世 薰
잡은이 신 새 별
판본이 辛 宙 源
판든이 신 새 해
판든이 金 勝 赫
펴낸곳 도서 출판 天 山

04623. 서울시 중구 서애로 27(필동 3가 28-1). 서울 캐피털빌딩 302호 '自由文學' 출판부.
등록 1991.10.31. 제1-1269호
전자 우편 · freelit@hanmail.net
☎02-745-0405 Ⓕ02-764-8905

ISBN 978 - 89 - 85747 - 91 - 2 03810

*잘못된 책은 바꿔드립니다.

값15,000원